TUS HUELLAS
EN MI ARENA

ExLibric

CLAUDIA RAMÍREZ MENA

TUS HUELLAS
EN MI ARENA

EXLIBRIC

ANTEQUERA 2025

TUS HUELLAS EN MI ARENA
© Claudia Ramírez Mena
Diseño de portada: Dpto. de Diseño Gráfico Exlibric

Iª edición

© ExLibric, 2025.

Editado por: ExLibric
c/ Cueva de Viera, 2, Local 3
Centro Negocios CADI
29200 Antequera (Málaga)
Teléfono: 952 70 60 04
Fax: 952 84 55 03
Correo electrónico: exlibric@exlibric.com
Internet: www.exlibric.com

ISBN: 979-13-88079-03-0
Depósito Legal: MA 1798-2025

Impresión: PODiPrint
Impreso en Andalucía – España

Nota de la editorial: ExLibric pertenece a Innovación y Cualificación S. L.

CLAUDIA RAMÍREZ MENA

TUS HUELLAS
EN MI ARENA

Índice

RELATOS CORTOS

La vida sobre el tablero

Cuando el sol se levanta más allá del lejano horizonte, sus rayos dulces, como la brisa en los atardeceres de verano, se posan anaranjados, con suavidad, sobre los cabellos de la chica, que brillan más que los luceros sobre su tez pura. Ella, una muñeca de porcelana china, descansa bajo las acumulaciones de algodón que embellecen el cielo. De vez en cuando, estas formas se rompen como el papel, y el frágil cuerpo vuela empujado por el viento hasta caer tal y como lo hacen las hojas de los árboles en otoño.

Entonces es cuando los delicados ojos de la muchacha despiertan a la sombra de los girasoles, tras el ligero sueño al que se hallaba sometida. Las tupidas y oscuras pestañas le pesan; no puede levantar los párpados. Su voluntad y su cuerpo se baten en una lucha rápida en la que vence la primera. La leve luz, que poco a poco aumenta su blancura, aún no es capaz siquiera de deslumbrarla.

Levanta la cabeza de la mullida hierba que antes hacía de almohada. Finos hilos color chocolate, que forman los perfectos tirabuzones de su melena, se desenredan con gracia de las plantas del suelo. Les dedica una larga mirada. Sus ojos marrones relucen con intensidad, hacen que sea muy hermosa. Oye un susurro, es la propia naturaleza que la llama, cuchichea algo que ella no llega a captar del todo. Para intentar comprender el misterioso mensaje, se acerca a una bonita y curiosa flor de pétalos rojos, la cual se zarandea con el son y la melodía de la brisa. El aire viene menos cálido y cargado de aromas exquisitos: trae perfumes de plantas aromáticas, de tierra húmeda; llega impregnado de la gigantesca impetuosidad de las montañas, de la ligereza de las aves, del dulce comienzo del día. El suave movimiento y el brillante color de la planta no dejan que la chica aparte la mirada.

Repentinamente, siente una llamada. Se inquieta. Su corazón se acelera. Al ponerse de pie, la falda que le cubría hasta las rodillas, se infla como un globo al llegar una corriente de aire que se arremolina bajo esta, haciendo flotar a la joven en aquel maravilloso lugar. Bajo sus pies reluce toda la Creación en su esplendor: los árboles, con una tranquilizadora voz, le advierten que se sumerja en su interior para escucharse a sí misma, y a pequeños y ligeros toquecitos la empujan con sus ramas a modo de manos, para que continúe; la hierba, señalándola con sus hojas, le grita desde abajo palabras en un lenguaje que no entiende, pero se deja llevar por ellas; las flores se ríen dulcemente y, cuando ella las mira, hacen gestos de asentimiento; el aleteo de los pájaros es serio y, quizás, algo melancólico, pero al pasar por su lado, las plumas le acarician las mejillas; una mancha multicolor, que parece una mariposa, se acerca, deja que los últimos rayos de luz atraviesen sus alas totalmente extendidas, justo antes de irse susurra algo al oído de la chica, desaparece; y el sol la saluda guiñándole un ojo. Todos cumplen una misión en el mundo, el Creador les ha dado un regalo que han sabido aprovechar. Bajo las normas de la naturaleza se entretienen en el juego de la vida, el que para algunos es más largo, para otros más corto, pero se mueven por el tablero calculando bien las jugadas, mas sin prisa por ganar. Ella acaba de empezar, aún se encuentra en la casilla de salida, con los dados en la mano y una carta en blanco. Desde dentro algo le grita y le pide ayuda, pero nadie la escucha y no le pueden explicar las reglas del juego que todavía no ha empezado. Es solo una ficha solitaria, sin dueño y perdida en el infinito, que lo único que puede hacer es probar suerte.

Tiene miedo, duda. Busca una respuesta que no encuentra. Mira hacia las montañas, que con cara seria le reprochan sobre algo que no comprende. Siente sus ojos clavados en ella, la atraviesan como afiladas espadas haciéndole un hueco en el alma. No es eso lo que espera de la naturaleza. Desde arriba, una fuerza desconocida y sobrenatural, la atrae, como una marioneta manejada por hilos. Levanta la cabeza hacia la inmensidad celeste. Contempla, sin saber muy bien por qué, el azul del cielo, tan puro que ni siquiera cabe una nube. Rápidas imágenes se lanzan a la carrera en su cabeza. Se le despierta el deseo de preguntar al infinito por el futuro que no halla, el sentido de su existencia, el lugar que aún no ha encontrado, el mundo en el que parece que no hay sitio para ella. Sin embargo, no siente el desasosiego ni la desesperanza que irrumpió en su ser ante la contestación de los enormes cúmulos rocosos. Todo lo contrario, una paz inmensa parece adueñarse de ella inesperadamente y sin comprenderlo. El Creador, de entre todas sus criaturas, se ha fijado en ella, una simple chiquilla sin importancia, en medio de todas las maravillas.

Prisa, eso era lo que llevaba el tiempo. El reloj que no cesaba de sonar en su corazón parecía haber sido trucado, las horas pasaban aceleradamente ¿llegarían tarde a algún sitio? La joven, arropada por una tranquilidad extraordinaria y poco común, permanecía ahora sentada sobre el suelo, jugueteaba con la hierba. Por la clara piel de su pierna corría un insecto haciéndole cosquillas. Todo oscurecía, pero solamente era capaz de percibir la llegada de aquel pacífico sentimiento que se apropiaba de ella. Como si de magia se tratase, el cielo comenzó a iluminarse: primero la manta negra se manchó de miles de puntitos brillantes que parpadeaban;

en seguida, para hacerles compañía, una gigantesca bola blanca se hizo presente. Iba vestida de gala, estaba muy hermosa. En los momentos ciegos, en los más sombríos, la naturaleza cubre sus tinieblas para dar paso a un poco de luz. Se empezaba a apaciguar el gran tumulto de ideas que luchaban en su cabeza. Las calles del miedo y la confusión se quedaban vacías, la duda se había marchado cansada de esperar. Tenía una mente nueva, que estrenaba como si fuera un vestido, era diferente, rara, pero no había nubes que la enturbiaran. Surgida del infinito, un extraño pájaro, cuyos colores y forma no distinguió, batía las alas a una velocidad fugaz, pasó por su lado dejándola caer de espaldas contra el suelo, de donde no se levantó.

Apartó la cara súbitamente, la luz de la lámpara que había encendido al apoyarse sin querer sobre el interruptor, era demasiado brillante, la cegaba sin piedad. Fuera se oían ruidos, voces y pasos. La habían despertado de lo que le pareció un sueño bastante inusual. Aún estaba tumbada, su cabello esparcido y desordenado sobre la almohada. Le dolía la cabeza como si hubiera sufrido un golpe, pero era capaz de mantener viva una imagen que recordaba con bastante nitidez de aquello que creyó fantasía. Se sentó con las piernas cruzadas sobre la cama. El colchón era muy mullido. Se sintió cómoda, la más ligera de las plumas, un dibujo simplemente perfilado sobre el papel que cobraba vida. Punteó con las pupilas cada esquina de la habitación, milímetro por milímetro, sin saltarse nada. Todo permanecía ordenado como siempre, pero aparentaba otro aspecto diferente, como más lógico y con más sentido. Cualquier día habría pensado que el mundo era absurdo, y sobretodo el suyo, mas entonces todas las piezas encajaban poco a poco, configurando la imagen del rompecabezas. Había sido difícil encontrar los puntos de unión entre cada ficha, había probado muchas combinaciones posibles, pero la correcta la acababa de encontrar y no iba a estropearlo ahora. El escritorio lloraba su soledad junto a la ventana, por la que ya no entraban los cálidos rayos de sol como cada tarde; sus libros aguantaban el peso del saber, tentándola a abrirlos, vestían palabras dispuestas a ser gritadas; los carteles pegados en la pared lanzaban mensajes renovadores como si fueran meras bolas de papel; incluso el armario estaba decidido a alojar dentro de sí las nuevas actitudes que había descubierto. Satisfacción ¿podría llamarse así? Elia —que por descuido había olvidado mencionar su nombre— sintió que el tesoro perdido, que había buscado por todos sitios sin encontrarlo, había aparecido entre sus manos sin ni siquiera darse cuenta de que realmente no había desaparecido nunca, siempre quieto, en el mismo lugar, sin que ella se hubiera percatado. Su conciencia se agitaba, ¿cómo había permanecido tanto tiempo con una venda en los ojos? No se perdonaba haber estado tan ausente, haber vivido una vida que no era la suya, sin elegir lo que verdaderamente le correspondía.

Como solía ocurrir, el tintineo despertó el alma dormida. Al son de una suave y delicada melodía, con cierto parecido a una nana, la muñeca comenzó a dar vueltas sobre sí misma. Se movía lentamente, sus pies giraban al ritmo de la musiquilla. Unos meses antes, Elia habría querido ser como ella: andar de puntillas con la gracia con la que se mueven las bailarinas; saltar tan alto como para echar a volar sobre el escenario; extender sus brazos ágilmente creando bellos arabescos con el cuerpo; presumir de su habilidad y su elasticidad; vestir bonitos maillots con tutús brillantes, envuelta entre un mágico espectáculo y una música especial. Con el joyero cerrado, la pequeña y hermosa danzarina se convertía en una malvada bruja, con la que se había identificado la joven. Una hechicera solitaria y aislada del mundo, de aspecto envejecido y piel arrugada. Una mujer de intenciones malas, siempre proyectando planes malévolos, con ropajes oscuros y tétricos que asustarían a cualquier persona; alguien a quien nadie quiere, a quien todos temen y para quien no hay sitio en ningún lugar, ni siquiera en el mundo. Ahora, sentada sobre la cama de su habitación, no encontraba los restos de las tinieblas ni tampoco los de éxito, se le antojaban lejanos, en otra dimensión, de otra naturaleza, inexistentes. La magia y el esplendor no le parecían atractivos, enterró aquellos recuerdos en el arcón de los sueños. Terminó por aborrecer aquella imagen tenebrosa a la que se había aferrado más que a la vida. Sus pies buscaban un terreno sólido y no vagas ilusiones sobre las que se tambaleaba y la hacía caer de nuevo, perseguían los muros de la realidad y no un mundo ideal rodeado de encanto y del que no se encuentra el fin.

Como una flor que acaba de nacer, así se sentía Elia. Había estado buscando desesperadamente el hueco que debería haber reservado para ella, su nombre en la lista del mundo. Y misteriosamente, para su sorpresa, unas letras llamativas la avisaron de qué lugar era el suyo, dónde la esperaban y necesitaban. Ya había encontrado las reglas del juego y se disponía a comenzar. Si escogía el camino equivocado perdía los puntos, si acertaba, continuaba con la partida. Pero ella tenía claro por dónde avanzar, cuál era su misión sobre el tablero. Ya no le servían los sueños imposibles, acababa de pisar la realidad y no estaba dispuesta a que escapara de nuevo. El cielo esperaba su respuesta.

Se oyó que alguien llamaba a la puerta delicadamente, con cuidado para no molestar. El sonido del pomo al moverse era inconfundible, un chirrido metálico bastante desagradable. La madre de Elia asomó la cabeza. La joven sonrió. Su ficha salió de la primera casilla. Comenzaba la partida.

Tus huellas en mi arena

Aquella tarde, con los ojos entreabiertos, era capaz de percibir difuminadas figuras que, con gráciles movimientos, demostraban su naturaleza, dejándose salpicar por las gotas doradas que la tarde lloraba al despedirse. Y ahí estabas. Envuelta en el soplo salado que impregnaba cada centímetro de tu piel con aromas que lo más azul del mar regalaba desde la lejanía. Tus pies se atrevían a marcar ligeramente la fina arena, dejando siluetas que alguien se atrevería a seguir. El continuo bostezo del atardecer te empujaba con delicadeza, a ti y a tu sutil blusa, que acariciaba, casi sin tocarlos, los blancos muslos con los que se confundía. Y los ondulados cabellos oscuros se entrelazaban con las pestañas, y no permitían descubrir el contraste entre las deslumbrantes pupilas que competían con el sol y la candidez de tu tez. Por momentos te añoré. Te veía tan cerca que te sentía demasiado lejos y, a veces, tu presencia era tan distante e inaccesible que era capaz de rozar cada detalle del contorno de tu cuerpo. Lo sabías entonces y lo sabes ahora. Hasta que la espuma marina no me bañaba los pies, continuaba en el eterno sueño en el que, con un pico, igual al de aquellas gaviotas que nos sumergían en su incesante griterío, construías tu nido en mi corazón, picotazo a picotazo, ramita a ramita.

Aquella noche. Bajo la tenue y entrecortada luz que desprendía la vela, que poco a poco chorreaba su fin, y con el viento que conseguía infiltrarse por las rendijas de la puerta, luchaba a vida o muerte. Era capaz de reconocer cada sombra. Y una de ellas eras tú. Lo único que rompía el espeso y absurdo silencio que construía muros entre nuestras almas era la lluvia. Como pajarillos ciegos chocaba cada una de las gotas contra la ventana, para desmayarse resbalando mientras dejaban su rastro sobre el cristal. Y en la oscuridad que nos envolvía, una batalla pendiente a punto de acabar. Los lazos de tu mirada penetrante eran el mejor presente, me encadenaban las muñecas y los tobillos a tu cuerpo. Desde entonces sé que custodias mi corazón, guardado en la caja que envolvían aquellas cintas. Y, tranquila, te escondías, con los cabellos caídos a cada lado de la cara, en las tinieblas de la habitación, intentando alejar tu esencia de mí, mas cada vez estabas más cerca. El frío, la belleza, todos los pensamientos que se amontonaban y una bomba de sentimientos a punto de estallar nos atrapaban entre sus brazos, transportándonos a un ambiente embaucador del que no podíamos salir. Y fue tu culpa. Y entonces te necesité, pues la eternidad me condenó con tu perfecta presencia.

Aquella mañana no hacía falta abrir los ojos para poder disfrutar de aquellos momentos. Un cálido ambiente nos envolvía prometiéndonos la infinitud del tiempo. Aunque la sombra del gran árbol de hojas llorosas y tristes intentaba atraparte entre sus ramas de ensueño y transportarte a maravillosos mundos inimaginables, pequeños suspiros de sol le hacían competencia, colándose entre los huecos para alcanzar tu piel, más deslumbrante que las piedras preciosas, al tiempo que desprendía más vida que nunca. Permanecías sentada, mirando el lejano horizonte en el que yo me encontraba. Tu cuerpo se mecía al son de la embaucadora melodía de aquel viento suave, ligero y agradable que bailaba sin cansarse invitándonos a la felicidad. Algún que otro gorrión se atrevía a mandarnos guiños de alegría y cariño desde la altura de sus alas. La deliciosa luz que hacía brillar cada flor, atraía juguetones insectos que corrían desesperadamente de un lado a otro, subiéndose por tus manos y haciéndote cosquillas con sus diminutas patitas. Todo giraba en torno a ti, o al menos eso me parecía. Era imposible despegar la mirada de tu cabeza apoyada contra el tronco, o de tus pupilas perdidas y serias, o de la perfección de tu alma. Me hipnotizaba de tal manera que quería morir y vivir al mismo tiempo. ¿Era lo que tú querías?

Y tantas tardes más tan desagradablemente dulces. Y tantas interminables noches, de aquellas tan cortas. Y tantas mañanas decepcionantes de las que aturden los sentidos. No podía descansar con tranquilidad sabiendo de tu existencia junto a otros, estando yo en soledad, sin poder tocar tu piel, ni oír tu voz ni descifrar siquiera tu caligrafía en alguna carta. Aunque no sentía mi corazón dentro del cuerpo, pues te lo habías llevado y no parecía que pensaras devolvérmelo, en mi interior algo revoloteaba como un tropel de mariposas alineadas, cuya misión era conseguir mi desasosiego. Y entonces me lo gritaste desde las más lejanas distancias, con la delicada sinfonía de tus palabras, casi un susurro melancólico y sensual en mis oídos. Aquel que conozca el sufrimiento por lo inalcanzable y el alborozo de tener lo imposible durante contados segundos entre sus manos, cuando el tiempo parece que se escabulle travieso entre los dedos y la incapacidad de retenerlo nos mira con crueldad desde una esquina, entenderá las razones por las que escribo esto. Muchos consiguieron de ti más que yo, pero de nadie conseguirás más que de mí. Era absurdo, pero soñaba. Me dolía hasta la sombra, pero no importaba. Lo único: observar y esperar; observar y llorar; llorar y esperar; observar y reír; reír y esperar; llorar y reír. Y tú lejos e ilusoria.

Pero todos ellos son recuerdos, las huellas en el tiempo que en mi camino has dejado. Y ni siquiera eso, son simples descripciones imaginadas y tan terriblemente reales que no pueden ser verdaderas, que demuestran hacia donde dirige la locura, hacia donde me aventuro por tu culpa. Mas hoy, indecisa, pero sin miedo, yo me aventuro a decir lo que pocos se han atrevido. He querido pensar que eras otra mujer, igual que yo, poder describirte como una de nosotras, la mejor de todas, la más bella y resplandeciente, la más sabia, la más original, la más... perfecta. Pero he fallado en mi propósito, pues las simples imágenes que con palabras he intentado reflejar no son tan hermosas como en mi cabeza se definen. En mi mente tampoco soy capaz de reunir toda la belleza que de ti se desprende, toda la delicadeza que se dibuja en tus formas, todo el albor que irradias sin cansancio desde épocas inconcebibles para mí. Y cuando vislumbro tu figura, mis ojos se empapan de las más reconfortantes lágrimas que podían difuminar cada una de las maravillas que luces; cuando siento que te acercas percibo el aroma especial de tu esencia, el calor que desprenden las estrellas de tu cuerpo. Cuando capto o leo alguna letra de las que componen tu nombre, no puedo evitar temblar de emoción. ¡Necios aquellos que rechacen tu compañía!

Siento miedo cuando, acompañada por el profundo llanto silencioso del mundo, me concentro en las lágrimas que resbalan desde mis ojos hasta caer pesadamente y formando pequeñas onditas en los charcos salados que inundan la habitación. Entonces sé que tengo que buscarte; eso me aterra. Esas lagunas que empapan toda la alcoba terminan por calar en las páginas de los libros esparcidos por mi mundo, emborronando las letras y dejando la huella de la remota existencia de unas palabras que llenaban las hojas. Y el desconsuelo cesa. Siento miedo cuando al mirar las agujas del reloj, que me observa a todas horas desde la pared, se posan tan suavemente en los números, como mariposas sobre flores, que me recuerdan la eternidad del tiempo. Entonces sé que tengo que buscarte; eso me acobarda. Esos interminables momentos que amenazaban con matarme poco a poco se ocultan ante la presencia de unos versos, de las líneas de una novela, del diálogo de los personajes de una obra de teatro. Y los minutos infinitos se tornan segundos fugaces. Siento miedo cuando nadie mira, nadie pronuncia ni un solo sonido, todos están ausentes y callados. Entonces sé que tengo que buscarte y eso me asusta. Tu voz rompe el silencio, tu presencia la soledad. Porque eres mi vida, porque eres mi consuelo.

Eres una necesidad. Lo has sabido siempre, pero ¿fue esa falta que muchos hombres tienen la que te hizo nacer? o ¿tu origen supuso una costumbre de la que ahora no pueden prescindir? Aunque algunos te vean como un mero juguete o entretenimiento, en la profundidad de su propio pozo se acumulan montones de sentimientos de repudio hacia esa actitud que, sin reparar en ello, flotan en aguas estancadas que no quieren sacar con el cubo. Y hasta en los más insólitos lugares se esconderán con miedo a caer en la locura extrema muchos que, embelesados por tus fantásticos trucos, han sido atrapados por el disparo eficaz y certero que lanzas discretamente desde tu aparente soledad. Y es cuando ellos, enamorados de ti, se dejan llevar por la atractiva aventura que los conduce hacia su perdición, un sendero escogido por ellos mismo, pero que llega al bosque del enloquecimiento y la obsesión. ¡Y son tantos, provenientes de territorios tan dispares! Mas el sentimiento será el mismo, expresado en diferentes lenguas, que reflejen distintos matices. La palabra es la que grita al mundo, pero da igual cómo, da igual cuándo, da igual dónde.

Además… ¿polifacética o una actriz empedernidamente mentirosa? A ellos los sedujiste por la novedad, por la facilidad que les dabas de explayarse con la expresión de sentimientos muy profundos. Necesitaban vaciar su interior de sensaciones que se acumulaban y robaban el sitio a sus propios cuerpos. Los escuchaste, los rescataste de un infierno que los quemaba por dentro. Pudieron respirar al salir del mar que los intentaba atrapar entre sus olas y los ahogaba con la menor piedad. A otros los enamoró tu pasión por el mundo, por el tiempo, por el cielo, por la humanidad. Buscaban la sinceridad, la vitalidad y una fuerza más audaz que las fieras, que el universo entero. Caíste de las alturas de un nido que se tambaleaba en la rama de un enorme árbol y, herida, les diste la oportunidad de acogerte, curarte y hacerte suya. Te salvaron para salvarse ellos. A aquellos otros los hipnotizó tu locura incontrolable, tu actitud bohemia e impetuosa. Jugaban a encontrar compañera de vida, de experiencias, de impresiones, para dejar juntos las huellas sobre la tierra del camino. Y te ganaron a ti, fuiste el premio del juego que guiaba sus vidas. A cada uno lo cautivaste con los más diferentes trucos, cada uno ve algo diferente en ti que los demás se pierden. Y a mí me gustas por lo que eres, no por una de las piezas que encajan en tu complicado rompecabezas.

Y yo muero cuando naces y revivo cuando apareces. Porque, aunque forman un grupo tan reducidamente interminable, me incluyo, me añado a mí y a mis más profundas esperanzas e ilusiones, aportándote algo más, lo que falta entre ellos. Cada uno somos un ingrediente indispensable en la receta del pastel que endulza nuestras vidas y la esencia del mundo. Nuestro alimento, nuestro oxígeno, nuestra agua: eso eres tú. Cuando nos falta la porción diaria que nos corresponde de ti, deambulamos como seres moribundos sin morada ni lecho donde yacer para siempre, buscando soluciones inútiles. Y es que lo único que nos da el ardor que nos hace capaces de enfrentarnos a la creación y a nuestra misión eres tú, la única razón por la que no asesinamos a nuestro corazón es porque lo tienes tú, el único objetivo por el que hemos sido sacados de una oscuridad interminable eres tú. Quizás no siempre fuimos lo que ahora somos, pero hasta la eternidad estamos condenados a ser tus siervos, a adorarte como una diosa, a dedicarte cada esfuerzo de nuestro trabajo por pequeño o insignificante que sea, a morir por ti y por el fervor que por ti sentimos.

Supongo que seremos capaces de compartir una amante como tú, que no puede ceder a los deseos de uno solo, sino de todos a la vez. Continuaremos enamorados de la belleza por sí misma.

Pasarán los segundos, los minutos, las horas, los días, los meses y los años. En mí, aún joven, ese tiempo dejará su huella, como tú la dejabas en la arena de la playa, como tú la dejas por escrito con tu grafía en una carta, como tú la dejaste en mi corazón hace ya tiempo. Y mi cuerpo marchitará, mas la ilusión que por ti siento jamás acabará. Poco a poco envejeceré: mis cabellos perderán su personalidad tiñéndose de blanco, mi piel añorará su tersura, mi cuerpo no seguirá siendo el mismo. Pero siento que me acompañarás hasta ese día en que el final, cuyo camino comenzó desde que nací y al que aún le queda un largo trayecto, se aproxime acechante a mi encuentro. Y mientras, tú igual que siempre. No, serás mejor, renovarás tu alma y tu cuerpo revivirá, mil adornos nuevos lo adornarán haciendo que luzca cada vez más hermoso, tu voz se endulzará, tu aroma fascinará a más… y no estaré aquí para verte. Por eso espero no ser la última capaz de pronunciar estas palabras, la última que se abandone a tu contemplación, la última a la que le robes el corazón para guardarlo en aquella cajita, la última que sea capaz de encontrar la belleza tan ideal que esconde tu esencia, la última que te entregue con sus propias manos la vida que pides, la última que sienta tal obsesión. Solo creo en tu eternidad, Literatura.

Confesión del agua

Poco más de doce años se escondían bajo el gorro azul de lana y el abultado y grueso chaquetón. Las botas se hundían en la nieve, que hacía las veces de arenas movedizas y jugaba al pillar con el chico. Él se alejaba para contemplar su obra de arte: un muñeco de nieve que daba señas de vida con aquella mirada penetrante y aquella voz que murmuraba algo al vaho que los envolvía.

«Hoy hace frío. Lo noto en el rasgar de la cuchilla de los patines sobre la deteriorada pista de hielo, en los montoncitos granizados que se acumulan en los bordes del lago, en las pisadas miedosas de esos niños que ven por primera vez la nieve. Tócame con tus guantes y hazme tuya. Enlaza tus manos con las mías y siente cómo mi cuerpo tiembla y se derrite con el contacto. Tú eres el que da forma a mi vida; acompáñame este crudo invierno, en el que pronto comenzará a florecer todo.

»Siempre he sido tuya. Has sido capaz de manejarme como has querido. Un día aquí, otro día allí. Una vida bohemia a tu lado de tardes de verano en la playa; mañanas invernales en la montaña, con el miedo de que descubrieran nuestros juegos de amor y nuestros escondites para escapar de las clases; pícnics en el prado con mi falda de flores; juegos de otoño bajo una manta de hojas secas.

»Hoy me tienes ante ti, te asomas a mis ojos y ves tu propio reflejo; rejuveneces con solo tocarme con los labios y, aunque en ocasiones parezca que no te importo mucho, sé que me amas y que no puedes vivir sin mí. Y no eres el único, han pasado muchos hombres por mi vida. Algunos me han utilizado como han querido, me han tratado mal y me han hecho daño, sin darse cuenta de que solamente se infringían dolor a ellos mismos. Otros han sido delicados conmigo, me han amado hasta morir, hasta morir cubiertos por alguna ola enfurecida. Para otros he sido, simplemente, una más de esta inquietante naturaleza. Pero todos se han quejado, agobiados, cuando les he recordado insistentemente mi existencia, y me han añorado cuando me había ido. Una vez que se ha disfrutado de mi presencia, es imposible olvidarme; yo les doy la vida.

»He visto ya demasiado. He observado amantes, en barquitas de algún parque romántico, prometerse la luna, y rasgarme el pecho sin querer; he conocido marineros y pescadores que dejan su vida en un esfuerzo desmesurado por sus familias, su trabajo o esta amante imperturbable, bajo la luna de media noche que, a veces, se esconde tras las nubes; he descubierto animales que nadie más que yo encontrará jamás, especies con formas y colores inimaginables y nombres imposibles de pronunciar hasta por el viento; he estado presente en el nacimiento de la vida; he contemplado las flores rebosar de energía y de vitalidad; he pasado cerca de personas que peleaban por un cántaro y por un plato: unos con armas, otros a golpes. Conozco hasta el secreto de la muerte.

»He viajado a lugares recónditos e, incluso, en el tiempo. He cruzado ciudades de extremo a extremo y he comunicado unos pueblos con otros; he visto civilizaciones crecer, imperios caer; he trabajado para transportar mercancías, en ocasiones por caminos conocidos, otras veces por nuevos senderos que yo misma he construido; he pasado vacaciones en el valle, escuchando el dulce canto de los pajaritos que se acercaban a mí, el alegre griterío de los niños jugando conmigo y el rumor de los árboles cuando tienen algún mensaje importante; he sentido la inmensidad oceánica, el sol calentándome con toda su fuerza y el viento azotando mi cuerpo sin piedad; he rozado los picos más altos y he bajado hasta la llanura abisal; he llorado como nadie llorará nunca, pero también he reído a tu lado y he tocado el cielo.

»He estado en cada partícula de la creación. Al igual que el marinero deja amantes en cada puerto, yo dejo a mis hijos en cada rincón de este planeta. He sido la tormenta de tu vida; el hielo que congela las montañas que se ven desde tu balcón; la que muchas noches ha llamado insistentemente al cristal de tu ventana; la que ha salvado tu huerto y le ha dado vida a tu jardín; la que le ha dado de beber a tus animales; la que te ha acompañado en aquellos largos viajes; la que ha tocado tu timbre cada día de lluvia; la musa de muchos pintores; las lágrimas en los ojos de alguna chiquilla; el espejismo del pobre hombre perdido en el desierto; el sonido del bosque.

»He crecido tanto y he desempeñado tantos papeles en esta obra de teatro que me consideran uno de los personajes principales: me han concedido el honor de observar, estar tranquila y asentada, esperar a que la tierra me llame para bajar del paraíso celeste que siempre me añora, pues se cree mi hogar, como todos, mas mi hogar no es sino cada una de las moléculas de vida de este universo tuyo y mío. Y, entonces, desciendo goteando las escaleras cuando la oigo reclamar mi ayuda. Somos las mejores amigas. De vez en cuando, soy consciente de que me entrego en exceso, en ocasiones con escasez. Cuando siento que la invade mi espíritu, me marcho envuelta en mi vaporoso traje de novia en busca de mi prometido. Es tan solar y radiante, que su amor puede quemarme, pero también me da la fuerza para ser omnipresente y que todos me vean lucir mis mejores galas junto a él, en esta deslumbrante ceremonia de nupcias, mientras la luna nos envidia. Otros viajes los alargo algo más y voy persiguiendo el mar, juego al escondite con los pececillos y los renacuajos, me abalanzo a hacerle cosquillas a las rocas o las acaricio y entono alguna nana para que se duerman entre las paredes de alguna cueva.

»Busques donde busques, allí estaré, esperándote, pero mira con atención. Si no me encuentras, sigue las huellas húmedas en el barro o en los humedales, la verdina que acompaña a las riberas, la niebla que te despista del camino, la gota que tintinea al asomarse desde el grifo de la fuente, la espuma sobre la arena, el rumor entre la vegetación, la senda bajo los puentes, el remanso donde los flamencos se camuflan con el rosa de la puesta de sol, el techo del mundo, los gélidos vigilantes del Antártico, al lado del Creador y junto a los hombres… Y hoy puedes hacer de mí lo que quieras; yo soy tuya; yo soy agua».

El tiempo había esculpido en ella una enorme sabiduría. Ya reconocía perfectamente a quién podía contar su verdad. Sintió una vez más, aliviada, la complicidad y la comprensión que solamente encontraba a lo largo de los siglos en algunos pocos. El entusiasmo que percibía era real y tenía la esperanza de que él la ayudara a transmitirlo a otros. El niño miró con sorpresa y cariño la bola que tenía en el hueco de la mano. Entendió que lo que ahora le aportaba diversión era tan necesario como el aire. Comenzó a hacer suya la respiración que se le había unido aquella mañana.

Entonces, con aquel diálogo susurrado aún latente en su cabeza, percibió las señas del muñeco de nieve, que lo instigaba a volver a casa, justo a tiempo para que el atronador sonido proveniente del cielo no lo pillara desprevenido. Sonrió.

Después de todo, todo sigue

Y de repente dejó de sentir aquella agonizante presión en el pecho, lo único que recordaba esta bella durmiente, que llevaba en la cama más de cien años, era que comenzó a apreciar algo de lucidez. No, en realidad lo que notaba era la cálida luz de media mañana sobre sus párpados. Parecía como si le hubieran cosido los ojos. Esta vez le suponía cierto esfuerzo poder abrirlos con normalidad. El silencio la confundía, pero confirmó que aún sus oídos percibían sonidos gracias a una bandada de pajarillos que pasó ensordeciendo la calle con sus animados gorjeos, como risotadas inverosímiles de alegría.

En aquella habitación olía a madera antigua. Y, efectivamente, la rodeaban toscos y oscuros armarios, un tocador comido por las polillas y una estantería sobre la que descansaba una gran cantidad de libros sin identidad, de los que no se podía ni intuir el título por culpa de la cantidad de polvo que los cubría. Al contemplar aquella imagen, no pudo más que dejar salir un profundo suspiro con fuerza desde su corazón; se verbalizó con voz melancólica. Intentó mover los brazos, aún entumecidos, que rodeaban en círculo su cabeza; las manos, agarrotadas, no querían soltar la almohada sobre la que había reposado su cabeza durante tanto tiempo. En cambio, los cabellos desparramados, que parecían tener vida propia, le hacían cosquillas en las palmas y en las mejillas. Mientras, se concentraba en su casi recién estrenada respiración, sentía el vientre llenarse y desinflarse, cierto movimiento en su pecho y el corazón latir con fuerza. La piel permanecía tibia, pero algo grasienta. Se sentía pegada a las sábanas.

Se levantó lentamente, moviendo con cuidado su cuerpo y sin gran esfuerzo por precaución. Cuando consiguió arrastrar las piernas y doblar un poco las rodillas, se encontró al borde de la cama, con fuerza, pero algo indefensa. Y dio un respingón por la impresión que le producía el contacto de las plantas de los pies con el frío suelo sin tocar durante siglos. El pánico por no poder mantenerse en pie invadió su mente, pero paró y escuchó a su corazón, lleno de entusiasmo y mandándole muestras de ánimo para que continuara. No le quedó otra que confiar en él. Toda su energía la empleó en dar algunos pasos por aquel suelo que crujía y le ensuciaba los pies descalzos, pero su atención se centraba en el movimiento, en lo que parecía imposible, pero conseguía poco a poco. Lentamente, aquel espejo ovalado de pie, con un marco excesivamente ornamentado, iba reflejando a una mujer de aspecto vivo y jovial, pero de la que era difícil adivinar la edad. Los muslos sonrosados asomaban vergonzosos por debajo del camisón, mientras que sus caderas mostraban sin reparo la dulce silueta. Se llevó las manos al rostro y lo recorrió acariciándolo suavemente, palpando sus rasgos, hasta llegar a los labios, lo que le hizo reparar en una «V» de carmín que había escrita en la parte superior del cristal. ¿Se llamaría, quizás, Victoria? No recordaba su nombre, ni aquella habitación, ni su historia… Era como una niña pequeña aún con todo el mundo por descubrir. La sangre bombeaba con insistencia todas las partes de su cuerpo, empujándola a la acción.

Decidió abrir la ventana y salir al balcón. La invadió una sensación de bullicio alrededor, pero estaba sola. Percibió el sonido de un reloj dando alguna hora en punto, aplausos y risas de gente. Abrió los ojos, que había tenido que cerrar para no marearse por la impresión. Ella seguía allí, bien agarrada a la baranda por si se caía, sin nadie alrededor. Mas el tiempo sí parecía continuar su intensa carrera de siempre. Inhaló profundamente y se dejó llevar por el placer de respirar, de sentir su cuerpo, de escuchar su alma y volvió adentro. Pensó que tenía que arreglarse, asearse bien y lucir sus mejores galas para aquella celebración que le esperaba de hallarse a sí misma, de conocer la Tierra, de encontrar la esencia de todo lo que la rodeaba.

Comenzó por experimentar el milagro del agua, solamente podía concentrarse en la sensación que producían las gotas en contacto con su piel; después, el aroma exquisito de los jabones y perfumes y hasta del maquillaje, que no pudo evitar probarse. El tacto suave del vestido contra su cuerpo era algo gustoso, y el reconocer su aspecto ante el espejo fue una agradable sorpresa. Ya estaba lista para la fiesta.

Ahora sus pasos eran firmes y decididos, pero procuraba no dejarse nada de aquellas losetas sin pisar. Cada vez, se evadía y percibía el mundo bajo sus pies. Abrió la puerta, quedándose una vez más deslumbrada por el radiante sol. Se aseguró de no olvidarse nada más, además de su identidad aún por averiguar. Miró perdida y cogió un manojo de llaves que pensaba que serían las de su casa, si es que aquel era el sitio en el que vivía… Colgaba de ellas un adorno, parecía una «I» que le gritaba Iris, ¿tal vez?

Encontró que el silencio era el único que deambulaba, casi con miedo, por las desiertas calles. Pensó en acompañarlo, en llevarle un poco la contraria y cantar. Aquella voz, que no hablaba desde hacía mucho, nada más que en su cabeza, entonó una dulce melodía que pintó los edificios de alegría y de nostalgia al mismo tiempo. Paseaba tranquila, aunque el corazón quería salírsele del pecho. Miraba a un lado y las persianas echadas hasta abajo, sin dejar entrar ni un pequeño resquicio de luz; a otro y puertas cerradas a cal y canto; al frente los carteles de tiendas y restaurantes le contaban el abandono que sufrían; y tras de sí nada más que había dejado hojas secas, que se arremolinaban en los rincones cuando se levantaba algo de brisa. Las raíces de los árboles intentaban escapar de debajo del pavimento, plantas salvajes, cuyos nombres hasta el Creador desconoce, se asomaban curiosas a verla pasar, desde cualquier huequecito de la carretera; los insectos se mostraban orgullosos de haberse adueñado de la ciudad y los perros y los gatos callejeros por fin se sentían en su hogar. Le atraía su descubrimiento, pero había alguna pieza que no le terminaba de encajar. Dispuesta a seguir averiguando, se paró justo en la puerta de un colegio, donde los niños, un martes a mediodía, eran ya un recuerdo olvidado, los profesores un sueño jamás concebido y el polvo de la tiza se confundía con las cenizas. El nombre de la escuela, que alguna vez habría sido bien conocido en el lugar, parecía habérsele desprendido una «D», que dejaba su hueco a la imaginación de... ¿Diana? ¡Ojalá se llamara así!

Justo al lado, encontró un parque vallado. Le pareció oír algo, quizás fueran las plantas que sacaban sus extremidades y lloraban pidiendo auxilio, un grito de ayuda al que nadie acudía desde hacía mucho. La puerta estaba cerrada con un enorme candado, pero ella, empujada por una corazonada, introdujo una a una las llaves que había cogido antes de salir y con la penúltima consiguió abrirlo. Boquiabierta, soltó rápidamente la puerta, que se abrió de golpe, dejando salir toda aquella vegetación enlatada. Se imaginó su posible historia, como si se estuviera repitiendo en ese mismo momento. Se vio a sí misma en la que creía su casa. Le encantaba su balcón, por lo que decidió llenarlo de flores hermosas para decorarlo, para mostrar aquella belleza a sus vecinos, para lucirse ella misma como una jardinera orgullosa de las plantas a su cuidado. Siempre vestía con prendas de estampado floral, se recogía el pelo con adornos vegetales y hasta las paredes estaban atiborradas de cuadros sobre parques y bosques. Dada su fuerte afición, se conformó, por el momento, con un par de rosales, uno blanco y otro rojo, en su ventana. Pero aquel propósito de controlarse duró poco. Cuando quiso darse cuenta, las rosas le daban codazos a los claveles que los acompañaban y estos envidiaban la sombrita de los helechos; las hortensias no sabían si crecer o no y los geranios se agobiaban. Pronto, aquel reducido espacio tuvo que ampliarse para que nuevos inquilinos pudieran seguir llegando. Los narcisos dormían en el salón y a las cintas les adjudicaron las partes altas de las estanterías. Los cactus atacaban desde cualquier rincón, rencorosos por la poca atención que recibían, ya que la casera tenía que repartirse entre todos sus huéspedes. Ella ya no tenía ni un empleo con el que mantenerlos, ya no tenía tiempo ni para eso… Zarandeó la cabeza, intentando ahuyentar aquellos pensamientos con los que, en realidad, no se identificaba.

El camino parecía nunca acabar, pero su energía tampoco. De hecho, se sentía renovada. Jugaba con todos los sentidos, pero el tacto era su favorito. Podía sentir, esta vez, además del olor a moho y a humedad, la rugosa piedra del muro de un templo de no importa qué religión; sintió que allí dentro seguiría todo intacto, como si nada hubiera pasado, ni hubiera dejado de pasar. Tallada en la pared tendrían que estar las iniciales del arquitecto o algún cantero, pero prefirió dejarlos en el anonimato, no buscarlas y quedarse solo en esta ocasión con la intriga y el misterio. Y había más, aquella energía tan fuerte, aquella presencia insoportable no podía venir más que del lugar más bullicioso de toda la ciudad. Quedó ensimismada contemplando las lápidas. Caminó entre las fechas, los nombres, los monumentos y las flores secas, pero ninguno de los que estaban allí parecían haberse movido desde hacía años… No terminaba de entender. Aquello le inspiraba a pensar en los polos opuestos, como la luna y el sol, la noche y el día. Allí algo era tan familiar como desconocido.

Doblando una esquina para perder de vista aquella interminable avenida, la imagen de un gran edificio con muchas habitaciones zarandeó su mente, al tiempo que un fuerte olor, que no conseguía reconocer, le daba náuseas. El estrés, personas entrando y saliendo sin cesar; miradas necesitadas de ayuda y, desde el final de un pasillo de azulejos, el grito de una amenaza, le hicieron sentir como si le apretaran en las sienes fuertemente. Mas, afortunadamente, estaba al aire libre, no había ni rostros desesperados, ni mezclas químicas, ni paredes blancas, ni sabía el origen de aquella ilusión. Divisó a lo lejos una parada de autobús. Se acercó sin prisa. Tenía una cinta alrededor para evitar su uso, no había siquiera carteles publicitarios, ni pasaría nadie a recogerla. Observó el mapa y las paradas de la línea A, solo por curiosidad.

Ya no tenía nada más que observar, nada más que tocar, nada más que oír, nada más que oler. Solamente le quedaba saborear la Vida, continuar aquel camino como si fuera nuevo —o quizás lo fuera—, atendiendo a las señales que el cielo le iba enviando. Entonces, recordó quién era.

Las brujas van en escoba

Recordaba aquel camino, mi memoria me llevaba hacia las huellas de antiguos paseos. Abrí la ventanilla del coche, no por calor, sino para recordar aquel aroma en el que se mezclaban la tierra húmeda con el pan recién hecho, aquel olor que siempre me hizo sentirme en casa y, a la vez, tan lejos de ella. Lo que no recordaba era aquel sol de septiembre, ya algo tenue, que intentaba calentarme el brazo, ingenuo al creer que la luz del norte, acostumbrada a colarse entre las nubes, podría impresionarme. Allí estaba de nuevo, sin conocer el futuro, pero con un presente muy cierto, dejándome embaucar una vez más por la magia de esta vida.

Aquellas tierras de ríos salvajes y viñedos; de lagos y bosques de abetos; de castillos y rutas de peregrinaje; de sabiduría ancestral y supersticiones, nos habían hechizado a más de uno, de tal manera que no podíamos alejarnos mucho tiempo. Se trataba de un embrujo que parecía atraparte desde el primer momento, y nadie se percataba hasta que se veía luchando inconsciente e inútilmente contra él.

Por eso volví, por eso aquel día realizaba aquella ruta que conocía con los ojos cerrados. Evadido en mis pensamientos, me olvidaba de que no iba solo. Una chica me acompañaba, pero me habría visto tan ensimismado que no se atrevió a interrumpir mis ensoñaciones. Al hacer la parada prevista, nos separamos en el supermercado, aunque nos cruzábamos perdidos por los pasillos y nos lanzábamos una sonrisa algo incómoda. Terminó por colocarse en la cola y yo, justo detrás. La espera se me hizo interminable, sobre todo desde que descubrí lo que mi compañera de viaje iba a comprar. Mi observación pareció ponerla algo nerviosa, así que intenté entablar conversación diciéndole: «Cualquiera pensaría que vas a hacer esta noche un hechizo». Sentí cómo su respiración se aceleraba, lo que me inquietó aún más. Cuando me tocó pasar por la caja, ella ya se había ido.

Salí de allí aturdido y sin entender lo que había pasado. La llamé, ya que no la veía cerca, pero ella no respondió. Entonces, decidí avanzar con el coche y buscarla por el aparcamiento. De repente, la distinguí a lo lejos, andaba muy rápido. Conseguí alcanzarla y pararme a su lado para que subiera, pero ella me respondió que podía continuar el viaje sola, que las brujas no van en coche, sino en escoba.

Magallanes en su realidad soñada

Las olas arremetían con toda su fuerza contra los barcos, buscando desestabilizarlos, mas lo único que conseguían era marearlos un poco. Los navegantes se sumergían en eternas partidas de cartas para matar el hambre; las naos encontraban diversión al perseguirse y dibujar figuras curvadas sobre la superficie marina a todas horas, pues no resultaba fácil el juego del escondite en aquel espejo interminable.

El astro rey exhibía al mundo su poder, así que no pasaba desapercibido aquel mediodía en el que el tiempo parecía haberse estancado y en el que el cielo y el mar se confundían allá, en la fina línea del horizonte, donde el planeta se antojaba inacabable o, puede que, donde nacía y moría en un círculo sin fin. De vez en cuando, la brisa salada contaba historias que todavía no se habían escrito y que hacían zozobrar a la realidad y a la fantasía.

Hombres curtidos, pobres, valientes y desnutridos alimentaban, con la esperanza de divisar tierra algún día, a las ratas, que se recorrían nerviosas los pocos metros cuadrados que enjaulaban a toda la tripulación. Todos ellos fingían ser piratas de alguna novela, pero no eran más que marineros que habían desaparecido del mapa, y atravesado las exóticas fronteras hacia un nuevo mundo, que ni el viento había aún osado pisar.

Un silencio abrumador solía ser la típica melodía que seguía las huellas blancas de las naves. En ocasiones, una riña sin importancia rompía con el estilo de la canción; otras veces, los culpables no eran sino aves pertenecientes a especies desconocidas con brillantes plumajes y cantos que hacían cosquillas a las nubes y a los estómagos vacíos de los tripulantes. Aun así, los barcos continuaban su danza armoniosa e infinita con los peces, que ensayarían con ellas los pasos de baile hasta el final de la pieza.

Ya no eran capaces de diferenciar los sueños de los recuerdos o las alucinaciones por la fatiga que invadía sus cuerpos y sus espíritus. Y él no era menos. Su mente divagó hacia algún lugar y algún momento muy lejanos. Se recreaba a menudo, con un sentimiento de nostalgia y orgullo, en la imagen de varios barcos atravesando un río que conectaba dos importantes ciudades, las que le traían el brillo del oro y otros lujosos objetos, el griterío de pescadores y mercados, el sonido del dulce movimiento de los abanicos de las señoras de buena posición social... dos puertos que había dejado hacía mucho, parecía que hubieran pasado quinientos años desde entonces. Estas ensoñaciones le daban a Fernando más agallas para continuar su viaje, pero a la vez más pánico hacia aquel incierto y profundo océano, que parecía no llegar nunca a su fin y que escondía más secretos de los que jamás hubiera imaginado. Abrió los ojos. Su corazón dio un vuelco: le pareció que un color diferente irrumpía en aquel azul eterno.

MICRORRELATOS

Eclipse

Cada noche salía antes con la esperanza de cruzarse con él, pero cuando llegaba, él ya no estaba. Soñaba con sentir algún día su calor, tenerlo cerca y que la deslumbrara su belleza. Los inviernos se hacían largos sin él.

En verano era él quien la buscaba. En ocasiones, observaba de lejos su encanto, su magia y su aire de misterio. Su hermosura lo hacía soñar, pero cuando decidía acercarse, siempre llegaba tarde; era como si se escondiera al verlo aparecer.

¡Pobre Luna y pobre Sol, que sueñan noche y día con el próximo eclipse para amarse…!

Criaturas prediciblemente impredecibles

Saben rendirse todos con dignidad. Nosotros combatimos contra ellos y contra nosotros mismos, pero ellos son soldados del mismo bando, guerreros de la vida, que no luchan sino contra el tiempo y sus fugaces demostraciones de poder en este mundo. A veces, se sorprenden a sí mismos, pueden llegar a hacer cosas impensables, de las que pocos son capaces. Y se respetan entre ellos, nos respetan a nosotros, respetan el viento que orea sus cuerpos, el agua que algunos casi ni tocan, el suelo que pisan sus patas, las piedras que dejan atrás, al compañero que viene y al que va, las nubes que se escapan del sol, y la lluvia que puede inundar sus casas… Criaturas prediciblemente impredecibles… Animales con poco de salvaje.

El fin de este camino

Le había crecido la barba, tenía el rostro más moreno, su corazón latía a otro ritmo y su mirada se había vuelto más brillante. Pensaba todo aquello mientras se miraba en el espejo del albergue, salpicado ya por los años y el óxido, justo antes de comenzar la jornada más importante de su viaje.

Después de tantos días se había acostumbrado a la rutina. No paró de pensar durante toda la etapa que todo aquello se acabaría. Y, sin darse cuenta, estaba a solo un paso del cartel que rezaba: «Santiago». Decidió dar marcha atrás, en vez de seguir a la inmensidad de peregrinos que entraban en la ciudad.

La persecución

Hace tiempo que oigo unos pasos cerca. Comienzo a sentir escalofríos, provocados por la respiración que me susurra casi al oído. Mis latidos se aceleran, pero solo percibo el sonido de la otra presencia y el de las manecillas del reloj, que no malgastan ni un solo minuto.

Y me pierdo en este vaivén sin fin, en esta carrera contra mí misma, cuya meta es difusa. Dudo entre esperarme o dejar que me alcance. Así, ante una derrota segura, me paro para confundir o, quizá, por confusión. Aun así, no sé si estoy persiguiendo o escapando del destino.

Una partida junto al mar

Desperté por las cosquillas de mis propios cabellos, que bailaban al compás de la marea. Ningún rastro humano, tampoco de humanidad. Lo único que hallé fue una barcaza en la orilla, donde solo quedaba una partida de ajedrez, no sé si recién empezada o a punto de acabar. Ambos reyes se miraban satisfechos; la complicidad resplandecía en sus ojos. Desde sus respectivos tronos observaban a sus reinas, que lucían hermosas tiaras de perlas recién cogidas del mar. Las cuatro torres continuaban en sus posiciones iniciales, aunque el esplendor ya no las hacía brillar. Los caballos, quizás cobardes, quizás valientes, se enfrentaban en un duelo de miradas desde lo alto de los alfiles. Y todos los peones, unos heridos, otros ilesos, esperaban a un lado del tablero poder tomar parte del juego. Una fuerza, misteriosamente irresistible, obligome a continuar la partida que, tal vez, no hubiera deseado jugar.

La marea

Como cada día, se enfrentaba a los duros inicios. Debía demostrar que podía hacerlo y que era la mejor.

Lentamente y con esmero, iba expandiendo su esencia y empapando con su ser hasta el más pequeño resquicio. A veces se mostraba embravecida y, otras, serena; en ocasiones llevaba prisa, en otros momentos se lo tomaba con calma; quizás ligera y silenciosa, tal vez densa y clamorosa. Pero siempre conseguía subir desde las profundidades hasta lo más alto, para retirarse poco a poco al punto de partida y volver a empezar bajo la deslumbrante mirada de la pareja celeste.